Tucholsky   Wagner   Zola   Scott   Sydow   Schlegel
         Turgenev   Wallace   Fonatne   Freud

      Twain   Walther von der Vogelweide   Fouqué   Friedrich II. von Preußen
               Weber   Freiligrath   Frey

Fechner   Fichte Weiße Rose   von Fallersleben   Kant   Ernst   Frommel
                                                    Hölderlin   Richthofen
      Fehrs   Engels   Fielding   Eichendorff   Tacitus   Dumas
             Faber   Flaubert   Eliasberg   Ebner Eschenbach
Feuerbach   Maximilian I. von Habsburg Fock   Eliot   Zweig
                  Ewald   Vergil
         Goethe   Elisabeth von Österreich   London
Mendelssohn Balzac   Shakespeare   Dostojewski   Ganghofer
              Lichtenberg   Rathenau   Doyle   Gjellerup
      Trackl   Stevenson   Hambruch
Mommsen   Tolstoi   Lenz   Droste-Hülshoff
        Thoma   Hanrieder
Dach   Verne   von Arnim   Hägele   Hauff   Humboldt
        Reuter   Rousseau   Hagen   Hauptmann
   Karrillon   Garschin   Gautier
      Damaschke   Defoe   Hebbel   Baudelaire
                 Descartes   Hegel   Kussmaul   Herder
Wolfram von Eschenbach   Dickens   Schopenhauer   Rilke   George
      Bronner   Darwin   Melville   Grimm Jerome   Bebel   Proust
      Campe   Horváth   Aristoteles
Bismarck   Vigny   Barlach   Voltaire   Federer   Herodot
               Gengenbach   Heine
Storm   Casanova   Tersteegen   Gilm Grillparzer Georgy
        Chamberlain   Lessing   Langbein   Gryphius
Brentano   Lafontaine
   Strachwitz   Claudius   Schiller   Kralik   Iffland Sokrates
      Katharina II. von Rußland   Bellamy   Schilling
                         Gerstäcker   Raabe   Gibbon   Tschechow
Löns   Hesse   Hoffmann   Gogol   Wilde   Gleim   Vulpius
  Luther Heym   Hofmannsthal   Klee Hölty   Morgenstern   Goedicke
     Roth   Heyse Klopstock   Puschkin   Homer   Kleist
Luxemburg   La Roche   Horaz   Mörike   Musil
   Machiavelli   Kierkegaard   Kraft   Kraus
Navarra Aurel   Musset   Lamprecht Kind Kirchhoff Hugo   Moltke
   Nestroy Marie de France   Laotse   Ipsen   Liebknecht
   Nietzsche   Nansen   Ringelnatz
        Marx   Lassalle Gorki   Klett   Leibniz
   von Ossietzky   May   Lawrence   Irving
          vom Stein
Petalozzi   Knigge
     Platon   Pückler   Michelangelo   Kock   Kafka
   Sachs   Poe   Liebermann
      de Sade Praetorius   Mistral   Zetkin

Glossen

Emil Gött

Impressum

Autor: Emil Gött
Umschlagkonzept: toepferschumann, Berlin

Verlag: tradition GmbH, Hamburg
ISBN: 978-3-8495-3014-3
Printed in Germany

Text der Originalausgabe

Emil Gött

Glossen

Mein Leben glich bis heute einer Schachpartie, die ich mit einem plumpen Gegner spielte. Keinen Zug konnte ich tun, ohne daß er mir wegnahm, was er nehmen konnte – ohne *eigenen* Plan und ohne einen solchen bei mir zu erkennen. Und mir, dem es nicht auf das Gewinnen, sondern auf den schwermütigen Reiz des feinen Spiels ankam, war es nicht möglich, auf seine Spielart einzugehen; ich ließ ihm seine Figuren, und nahm sie im selben Grade weniger, als ich sie bequem schlagen konnte. Er aber hüpfte raublustig in meinem Spiel umher, auf meine Art bauend, und sie für unbegreifliche Dummheit haltend. So konnte ich keine Partie gewinnen, und zornig stieß ich mehr als einmal das Brett um.

Einst, wenn sich jemand empfindlich, aber unabsichtlich gegen mich vergangen hatte, gewöhnte ich mir an, seine Gründe als für ihn und seine Tat maßgebend zu betrachten und nur zu sagen: er *tut* so! Und ich zürnte ihm so wenig wie der Tischkante, an der *ich mich* stieß.

Später, als ich darin eine genügende Sicherheit hatte, die mich vor unzähligem Ärger bewahrte und meine Seelenkräfte schonte, gewöhnte ich mir an, wenn sich jemand *absichtlich* oder doch *bewußt* gegen mich verging, sofort zu denken: er *ist* so! Also kann er nicht anders und ist genug durch die Freudlosigkeit seines Wesens und damit gestraft, daß ich ihn nicht lieben kann. Ich lernte noch mehr verzeihen und betrachtete es als die breiteste Grundlage meiner Seelenruhe.

Noch später aber, und es ist noch nicht lange her, lernte ich das Dritte und Schwerste: zu mir selbst zu sagen: *ich bin so!* – Nur daß ich mich hier mit dem bloßen Verzeihen nicht zufrieden gebe, sondern der heiße Wunsch aufquillt, anders und besser zu werden und mir nicht mehr zu verzeihen zu brauchen.

Ich halte dafür, daß es der größten Fehler einer ist, den wir Menschen begehen, daß wir wohl die Vorzüge eines sogenannten geliebten Menschen eifrig einheimsen, seine unlieben Eigenheiten und Leidenschaften aber unwillig behandeln, so notwendige Ergänzungen und Erholungen von jenen sie auch sein mögen; wo wir doch an uns selbst reichlich Gelegenheit hätten, die Gemischtheit unserer Naturen zu erkennen. – Wir können gar nicht genug des Bösen am andern mit gutheißender Geduld ertragen, und erst durch das Maß, das wir in dieser göttlichen Seelenarbeit aufbringen – göttlich nenn ich sie, denn wieviel duldet Gott an uns! – bewähren wir unsere sonst nur vorgegebene *Liebe*.

Von der Grundlage eines notdürftig erhellten Persönlichkeitsgefühls aus lernen wir langsam und mangelhaft die Welt und die Menschen um uns kennen; sind wir, soweit es möglich ist, damit fertig, so wenden wir uns von der mangelhaft erkannten Welt wieder uns zu und lernen nun auf etwas breiterer Grundlage uns selbst besser kennen. Nun aber werden wir mit einer heller brennenden Ampel noch einmal in unsere Welt hineinleuchten, und vieles wird uns anders und noch mehr neu vorkommen; ja, wenn die jugendliche Elastik des Geistes auch dann noch anhält, wird es uns selbst noch einmal am stärksten ändern. In einem ganz schönen Menschenleben dürfte die Grenze *dieser* Jugendlichkeit nicht zu fern dem Grabe gezogen sein.

Ich weiß, man sollte keinen fehlerhaften oder unschönen Baum pflanzen, aus zwanzig Gründen nicht, die ich alle sehr gut kenne. Gleichwohl stehen alle schlechten Bäume, die ich doch setzte, aus guten Gründen; vorab aus guten Gründen gegenüber den tadellosen Bäumen, die in den Gärten meiner Kritiker *auch* nicht stehen. Mancher entschuldigt sich mit dem Mangel eines Gartens, in dem *er* nur gute Bäume haben würde. Dem Manne *könnte* ein böser Streich gespielt werden durch Schenkung eines Gartens.

Wenn irgend etwas überhaupt gegen Krankheit, gegen Schwachsein geltend gemacht werden kann, so ist es, daß in ihm der eigentliche Heilinstinkt, der Wehr- und Waffeninstinkt im Menschen mürbe gemacht wird. Man weiß von nichts loszukommen, man weiß mit nichts fertig zu werden, man weiß nichts zurückzustoßen – alles verletzt, Mensch und Dinge kommen zudringlich nahe, die Erlebnisse treffen zu tief, die Erinnerung ist eine eiternde Wunde, Krankheit ist selbst eine Art Ressentiment.

Eine förmliche Atmosphäre hat der Lebenswille, die Lebensnot und die Lebenskunst des Menschen um die Erde gebreitet, dicht, schwül, schwer, undurchdringlich, einem Metalle in Geistform vergleichbar; aber es läßt sich in ihr atmen und – besonders über ihr – jauchzen. Sie menschelt so, die Erde, daß ich wahrhaftig kein andres Vieh mehr sein möchte. Bei Gott, schrecklich müssen wir doch – unser Ungeziefer ungerechnet – jedem andern Wesen vorkommen. Dies denke ich manchmal in der unangenehmsten Form, wenn ich, die Peitsche in der Hand, vor ein paar Ochsen herschreite und sie anhuohen muß und ihr stierer Blick mich trifft.

Der Bauer verwächst mit seiner Scholle. – So beweglich die Füße des Menschen sind, und wie geschaffen, um hurtig über die ganze Erde zu laufen, laß dich nicht täuschen: wo er wirklich Halt macht, schlägt er Wurzel, und irgendwo will er es tun. Ja, seine Beweglichkeit dient ihm nur dazu, nach einem Wurzelgrund zu laufen. Ganz unstät ist nur der Kranke, der nirgends mehr leben kann und noch nirgends sterben will; seine Wurzelkraft ist dahin. Wer aber einmal festgewurzelt ist – *fest* wurzelt aber nur der Bauer, weil er den Boden überspinnt – verwächst nicht nur mit dem Standort, sondern seine Seele nimmt auch Eigenschaften an, die wir sonst nur den Pflanzen zuerkennen: er lernt Geduld haben, am Platz verharren, jeder Not trotzen, ja die Wurzeln nur um so tiefer treiben, je bedrohter sein Standort ist.

Das Endergebnis aller Erkenntnisarbeit des Mannes wird sein – was ein gesundes Weib von Anfang an *empfunden* hat. Aber trotzdem schadet auch ihr die Durchleuchtung ihrer Empfindungswelt durch das Gehirn nicht, sondern macht sie um so schöner. Sie empfindet nun im Lichte und fühlt in Farben, wie vorher im Dunkel; so als Mensch, wie zuvor als Tier.

Die Erkenntnis baut der Empfindung – oder sagen wir: der Mann baut dem Weibe die Welt schöner auf, als es in bloßer, blinder Empfindung vermöchte; ja man muß sagen: was *nur* empfindet, *empfindet* auch nicht. Das eine weckt das andere. Daher hat auch der bloß erkennende Mann, der das Erkannte nicht in echte Empfindung bringt, so wenig von der nur erkannten Welt, als das Weib von der nur empfundenen. Sie sind sich beide zum Weltgenuß so nötig wie zur Weiterschöpfung des Menschen. »Kindlein, liebet einander!«

Es gibt zwischen Mann und Frau eine Berührung, die alle Formen der schönsten Bewegung, in denen Liebende den Sturm ihrer Gefühle auszudrücken wissen, und alle deren Wonnen in sich schließt: es ist die *Nicht*berührung. Reglos halten sie vor einander, die Augen glänzen wohl, aber sie fordern nichts und geben nicht zuviel, das Gespräch ist belebt und geht gern über hohe und ferne, tiefe und starke Dinge – und nichts verrät das Brausen der Seele und den entzückten Tanz um sich. Wie schal ist dementgegen jedes Kosen.

Was einem Mädchen unter hundert Kurmachern der Mann bedeutet, der *Ernst* macht! Wahrhaftig, es ist schwer für einen Mann, es von sich aus zu empfinden. Denn von ihm aus ist in den meisten Fällen das Mädchen, mit dem er Ernst macht, ein Abschluß, die letzte einer mehr oder weniger langen, gemischten und ungemischten Reihe; *er* aber *ihr – ein* oder *der Anfang*. Das nach Erfüllung zu dürsten beginnende Weib ist furchtbar daran: es darf sich nicht bedingungslos dem Manne hingeben, der nach ihr verlangt, so mächtig er sie auch bewege und errege. Wer wägt also das Maß der Selbstbeherrschung und sichtet die verwirrenden Gefühle eines reifen Mädchens im Kreise anscheinender Liebhaber? Wieviel Wiegen zertrümmert sie, wieviel Träume trägt sie zu Grabe? Und fällt sie – – fallen! Himmel, noch ist kein Weib gefallen, das der Mann hielt, der es fällte! An allem Frauenelend ist der Mann schuld, und an seinem – das ihre.

Es ist an keine Erhebung der gegenwärtigen Menschheit auf eine höhere Kulturstufe zu denken, ohne daß das Muttertum heilig gesprochen und ein *Recht* zu ihm geschaffen wird, als dessen Hüter der Staat, als der *große* Vater, sich ebenso ritterlich aufwirft, als er es bis heute zu lächerlichen Gunsten der liederlichen, treulosen Mannskerle *nicht* tut. Von dem Augenblick an, der dem Weibe die Gattenwahl und die *schöne* Sicherung seines Muttertums gewährt, wird eine neue Äone des Menschentums beginnen, verglichen mit der wahnwitzigen Barbarei, in der wir leben, und deren wir, wenn die Zeichen nicht trügen, anfangen, satt zu sein. Und in welch anderm Gleichmaß der Schritte wird es vorwärts und aufwärts gehen können, wenn die eine Hälfte des Menschen nicht mehr *fallen* wird, sondern – wählen kann! Wohl dann und auch wehe! wehe und wohl dem Manne!

Übrigens soll damit der Menschenzukunft kein himmelblaues Prognostikon gestellt werden. Die Signatur der Welt und des Lebens bleibt nach wie vor: ein unendlicher Plan offen für jede Lebens*möglichkeit* und eine ewige, in allen letzten Entscheidungen erbarmungslose Schlacht um die Lebens*wirklichkeit*.

Dieser Kriegszustand wird immer herrschen, auch zwischen Mann und Weib, und um Mann und Weib. Aber wir wollen ihn in schöneren Formen haben, ohne Brutalitäten und Feigheiten, vielleicht auch ohne Masken.

Wenn das Leben, um über sich hinauszuführen, erst in sich fortzuschreiten hat, so zeigt ein Blick, daß es das auf zwei Füßen tut, die, wenn der Schritt flott und schön sein soll, ebengängig sein müssen: in Mann und Weib erhebt sich der Mensch – doch bis heute ist es nur ein Gehinke. Es fehlt zu furchtbar das Glück, und die Ehre, und die Gesundheit an und vor und für einander. Das eine schmachtet nach Leben, und am Munde des andern ›birgt sich Ekel‹; Gram, Scham, Ekel; und aus guten, entsetzlich guten Gründen. Unsere Tugend ist keine Tugend – ein freudloses Lechzen; unsere Freude ist keine Freude – ein schamloses oder schmachbewußtes Behagen an Schaum und Hefe des Lebenskelches, ohne zu dem unsäglichen Glück des heißen, starken, tiefen Trankes zu gelangen, der uns mit Welt *und* Gott eins macht und aus die Höhe des Lebensgefühles führt, wo Scham und Reue als Wölkchen tief unter uns schwimmen.

Es ist nicht der Zölibat – so furchtbar er wider die Natur ist; aber *wider* die Natur ist noch nicht gegen die Natur, sondern könnte ein Erhebungsmittel für sie sein, wie eine Widerstrebe ein solches für einen Hochbau ist – also, es ist nicht der Zölibat, der den Priester elend macht: sondern die geistige Beschränkung und die Kastration des Willens. Heilige Kriege erzeugen und erziehen hunderttausend Enthaltungen; doch es ist ein mächtig belebender, alles erfüllender und ersetzender Gedanke, der sie erträglich und natürlich macht. Aber der Gott, der dem Priester »der Liebe Quell im gequälten Herzen hemmt«, schlürft auch, ein hohles, lebenfressendes, unveränderliches Nichts, sein Hirn; denn da ragt der christliche Gott in der ewig wandelnden Welt, deren Erscheinung an ihm dahinzieht wie ein tausendfarbiger Traum, als ein unveränderliches Gebilde, tot, aber lebensaugend. Und in seinem Dienste siecht der Priester dahin: er kann den Strom des Lebens weder aushalten, noch mitmachen; so begnügt er sich mit der Ohnmacht vergeblichen Hemmens.

Aber das ist nur der Gott der Kirche. Der Gott des Deutschen und des Menschen ist ein anderer. *Furchtlosigkeit* ist seine erste Signatur; und das erste, das er in dieser königlichen Furchtlosigkeit dem Menschen verleiht, das ist die Freiheit! Jede Laufbahn offen jeder Kraft.

Kein Auge braucht sich zu blenden, kein Gedanke sich auszulöschen, kein Hirn sich zu enthirnen. Da ist jeder Funke heilig, mit dem das steigende Leben sich in die dunkle Welt hineinzündet, gleichviel, was er enthüllt. Und müßte der Mensch einst vor dem entschleierten Bilde erstarren und versinken, nun wohlan, so hätte er es vollbracht. Aber davor keine Furcht; denn:

›Diese kleine Insel
Mit den rings steil abstürzenden Klippen,
Auf der wir träumen,
Ist umflossen von einem tiefen Leben.‹

Jedes finstere Pfaffenauge muß uns sagen: dieser Mensch, wie auch sein Maul eifern mag, liebt den Gott nicht, den er predigt, und wird nicht von ihm geliebt. Er gibt dem Leben nichts, und es quält ihn dafür nur, und rachsüchtig quält er es zurück, indem er die Hölle, die es ihm ist, auch für andere mit lauter Teufeln füllt – wo doch nur er der wahrhaft Glücklose, Leblose, Gottlose ist. Denn Glück, Leben, Gott müssen eins sein, oder sie dürfen sich nicht anders widersprechen, als um sich einzeln und wieder im ganzen höher zu führen, was aber wieder nie ohne Glück, ohne Freude, ohne starkes Leben, ohne ein Brausen von – Gott möglich ist. Wäre er seines Gottes, dem er in bewußtem oder unbewußtem Knirschen dient, so voll, als er es geglaubt haben will, er müßte – schimmern. Und nicht als eine dunkelfahle, bleischwere und bleigiftige Wolke über, nein unter uns dahinwandeln. Er ist ein freudloser, beklommener und klemmsüchtiger Sklave, nicht frei, noch wahr, noch gut. So ist er ohne ›Tugend‹.

Erst von einem Zusammenstrome naturwissenschaftlicher und ethischer Studien und Anstrengungen ist ein neues Ärztegeschlecht zu erwarten, das sich von dem bisherigen ähnlich abhebt, wie der Astronom vom Astrologen, oder der bessere Durchschnitt des heutigen Arztes vom alten, marktschreienden Quacksalber.

Die moderne, so hoch entwickelte und im Grunde durchaus ehrliche Naturwissenschaft läuft eine ähnliche Gefahr wie die früheren Metaphysiken. Sie schaut zu viel und zu sehr in die Nähe, wie diese zu sehr in die Ferne sahen; daher fehlte ihnen der Zusammenhang mit dem Nahen, Gegenwärtigen, Realen, und jener mangelt nun Sicht und Übersicht des Fernen, Ganzen und Ideellen. Die Aufgabe des gesunden Menschenverstandes, im höchsten Sinne des Worts, ist die Vereinigung jener beiden zu einem einzigen, von ihm beherrschten und doch ihn wieder erhebenden Ganzen: es ist die Einheit der Wissenschaft, die Einheit von Gedanke und Tat, von Gott und Welt.

Die Majoritäts- wie die Durchschnittsrechnung liefert zu leicht falsche Ergebnisse. Die *Norm* darf nicht nach dem *Gewöhnlichen* (also nach der Majorität) gerechnet werden, sondern nach dem *Typus*. Als solcher muß aber die Erscheinung in ihrem *höchsten* Ausdruck gelten, wo sie selbstverständlich immer als Minorität dasteht. Aus diesem Gedankengang müßte sich auch der Amielsche Satz ergeben: Die höhere Natur des Menschen ist seine eigentliche.

Unübersehbar liegt die Unendlichkeit des Raumes und die Ewigkeit der Zeit vor unseren Sinnen. Aus nächtigem Dunkel taucht der Anfang und die Vorzeit, in nächtiges Dunkel verliert sich die Zukunft und das Ende. Aber die kurze, uns übersichtliche Strecke dazwischen teilt, mißt und schätzt der Mensch genau nach Maßen, die er selbst geschaffen, aus dem Ungemessenen gerissen hat, nach Metern, Kilometern, Meilen, Erdbahnhalbmessern, Sternweiten; nach Sekunden, Stunden, Tagen, Jahren, Jahrhunderten, Jahrtausenden, Äonen, bis er den Atem verliert und zu messen aufhört, und die Unermeßlichkeit beginnt.

Und genau so unübersehbar wie die Bahn zwischen woher und wohin liegt vor dem Menschen die zwischen warum und wozu. Das selbstgemachte Maß aber, womit er hier die seinen Maulwurfsaugen übersichtliche Strecke mißt, das ist der Zweck! Bis er den Atem verliert, der Zweck! Er kann nicht anders, er muß messen und den Atem darüber verlieren. Und wie er vor dem Begriff der Unermeß-lichkeit und Unendlichkeit stehen bleibt, wenn seine Äonen und Sternweiten ausgegeben und verbraucht sind, so steht er am Ende auch hier vor dem schauerlichen Begriff des Unbezweckten und Zwecklosen, wenn er mit seinen Zwecken und Aberzwecken aus-gemessen hat.

Die Welt ist eben für uns unmeßbar und das Leben unfaßbar. Sie zu messen und zu fassen geht der junge Mensch aus, und mit dieser Erkenntnis steigt der greise Denker ins Grab.

Und um sein Grab stehen Toren und fragen: wozu also die ganze Mühe dieses Lebens? Was der Zweck und wo das Ziel? Das tote Gehirn da drunten aber würde antworten: Menschenkinder, wozu die Frage nach Zweck und Ziel? Ich habe meine Arbeit getan und – damit genug! Ich ging aus gen Osten, und kehrte von Abend zu-rück; ich stieg senkrecht in die Höhe durch die Unendlichkeit und kam lotrecht von unten wieder herauf; ich warf mich in den Strom der Zeit und floß und floß mit ihm, seine Mündung ins Meer zu ergründen, und kam nach einer kleinen Ewigkeit wieder zur Ufer-stelle geflossen, von der ich hineingesprungen; und scharfsinnig und unerbittlich wahrhaftig klomm ich am Faden der Logik dem verborgenen Zweck, dem unbekannten Ziel nach, und wie es vor meinen Augen hell wurde, stand ich wieder vor der Türe des Laby-rinthes, durch die ich eingetreten war, und konnte des Fadens Ende an den Anfang knüpfen. Von jedem Ding wußte ich den Zweck und von jedem Schritt das Ziel – aber das Ganze war ohne Zweck und ohne Ziel: wenn ich's mit *meinen* Sinnen und *meinem* Verstande messen wollte. Laßt mich nun von der Wanderung ausschlafen – vielleicht kommt mir's im Traum.

Die tragische Dichtung entspringt dem durch das Problem des Lebens erschütterten Geist und Gemüt. Die Schuld ist nur eine spä-ter mißverstandene, und schließlich künstlich hineingemengte Form jenes Problems, nicht sein Wesen, als welches sich eigentlich die Schuldlosigkeit darstellt. Die erschütterndsten Tragödien sind da-her noch nicht gedichtet worden, vielleicht da und dort versucht.

Der Ödipus nähert sich, als Schicksalstragödie, dem Wesen der Tragik noch am meisten, oder doch sehr weit. Die ›Schuld‹ gehört zur *Sprache* der Tragödie, nicht zu ihrem Wesen; sie macht dieses dem Ursachentier Mensch verständlich.

Wann und wo je ein Erlöser vergißt, daß der Angehauchte und Mitgerissene *nie* so stark von dem neuen Geiste ergriffen und durchdrungen ist, wie er, aus dessen Innern die Feuerbäche quellen – *so ist er wahnsinnig* und zum Kreuze geboren! Dies ist die erste und letzte Wahrheit, eine Erkenntnis, ein Bewußtsein, das jeder Heiße sich im Zusammenhang zu behalten hat, wenn ihm an einem vernünftigen Gange seiner Erscheinung etwas gelegen ist. Seiner einsamen Einzigkeit sich bewußt, von keinem grellen Ziele geblendet, wird er kälter und gemessener seine Bahn ziehen und – gesunder wirken! Und noch eins hat er zu begreifen: daß zum Aufgehen jedes Samenkorns auch – *Zeit* gehört! Und drittens: daß in jedem Keimenden der *Tod* prästabiliert ist. Und viertens: daß das Gepflanzte und Erbaute meist nur der Träger der Frucht ist, an der es zugrunde geht. – Diese Gedanken geben Kühlung, ohne daß ein Schatten fällt.

*

Engadin! – Aber es war nicht das ›terra fina, Engadina‹, das mich anlockte, sondern die Macht seines Aufklanges kam von einem Hauch und Schimmer andrer Art, der sich für mich darüber gelegt, herfließend von einer menschlich-übermenschlichen Gestalt, der diese Landschaft eine Art Heimat gewesen!

Dort oben hat der Verlorene, den man erst *finden* muß – aber auch finden wird – da oben hat er in den tiefsten seiner Wehen seine tiefsten Bücher geboren, *der Welt geschenkt,* wie man die heiße Schmerzensarbeit der Mütter schön tauft. Diese Wiege seiner Gesänge, dieses Schlachtfeld seiner Verzweiflungen, diese via triumphalis seiner Siege, diesen Tempel seiner Andachten, in dem zuletzt auch die Rache schwieg – dies wollte ich einmal mit eigenem Auge sehen, mit des Gottes voller Brust durchmessen und tief in mich einprägen, wie man es mit einem Heiligtume tut, sei es nun ein Gnadenort oder – das Stübchen der Geliebten. Ich glaubte förmlich noch von den Bergwänden und aus den Spiegeln der Seen etwas von seinem Blicke in mich saugen zu können, der darauf geruht, und zwischen den hallenden Felsen mußte noch sein Schritt umgehn. Und wie würde ich ihn dann erst verstehn, in tausend bisher undurchdrungenen Heimlichkeiten, die er so nur mir gesagt!

Nietzsches Übermensch, der vielverspottete, er kam nur ein bischen zu heiß, zu weißglühend aus der rauchenden und hallenden Esse: wenn wir den Verkühlten betrachten, so ist es nichts anderes als in *Wirklichkeit* das, was wir alle sein, und in Ermanglung davon *scheinen* wollen: der *anständige* Mensch, an dem man, und schließlich auch ein Gott, seine Freude haben könnte.

»Wenn Sie sich mit *Nietzsche* beschäftigen, kennen Sie auch den andern, der die gleichen Gedanken gehabt hat; – es soll ein armer Schullehrer gewesen sein?«

Armer Schullehrer! Was war Nietzsche anders? Und selbst wenn ein Zweiter schon oder gleichzeitig ähnlich gedacht hat – diese Gedanken liegen ja über der reiferen Menschheit in der Luft – wo bleibt dann aber das gewaltige, reiche, selig-unselige Innenleben dieses Mannes, die Umfänglichkeit, Tiefe, Zartheit und Farbenpracht seiner Seele, als deren eine Blüte sein unbeschreiblich großer Stil dasteht? Jenes Leben, das bald in naiver Selbstfreude, bald schämig versteckt und umschrieben, aus tausend Stellen hervorleuchtet, die keiner erdachte, der es nicht lebte.

Nietzsche ist für mich in einer, in *seiner* besondern Art der Typus des ewigen, wie des modernen Menschengeistes. Als dieser rastlose Geist, ausgerüstet mit den verhängnisvollen Gaben eines überaus hellen, immer wachen Verstandes, einer unbeirrbaren, durch nichts, auch durch keine Seligkeit käuflichen Redlichkeit vor sich selbst und eines leidenschaftlich fordernden Hungers nach Schönheit, muß er bei seinem Eintritt in die Welt zunächst zerstörend wirken, auf die Welt und sich selbst:

›Ja! ich weiß, woher ich stamme . . .‹

Aber es sind nicht nur verzehrende Kräfte in ihm tätig, sondern auch bauende, und er kann sich ihnen so wenig entziehen wie jenen; sie schützen ihn davor, in Ekel und Verzweiflung zu enden, und er hebt mit feurigen Armen das tausendfach verlorene Leben in ein schöneres, höheres, helleres, heißeres Dasein empor – etwas zu hoch und hell und heiß, als daß es dem gewöhnlichen Sterblichen erreichbar und begehrlich schiene.

Sein Hochflug wird ihm selber verhängnisvoll. Und es ist so: Alles, was er geschaut, gesagt und gesungen hat, ist vernünftig, wahr und gut – aber er hat nicht alles geschaut, gesagt und gesungen, was vernünftig, wahr und gut ist, und dadurch wird das Seinige aphoristisch, brüchig, chaotisch. Es bedarf der Ergänzung, Erfüllung. Seiner Höhe bewußt und der Niedrigkeit ansichtig, entfernte er sich mehr und mehr in seine lichten Wolken und verlor den Zusammenhang mit dem Volke, mit *seinem* Volke, mit dem Weibe, mit *seinem* Weibe (das er nicht fand) und mit der Erde, *seiner* Erde, die er doch so sehr liebte, über alle Himmel setzte, alle Himmel in *sie* setzte.

Er lehrte den Übermenschen, für den der Mensch sein soll, was der Affe für den Menschen: ein Gelächter oder eine schmerzliche Scham, er lehrte ihn in den feinsten und geheimsten Zügen, aber – er vergaß dem Übermanne das Überweib zu gesellen, und ohne die Erhebung des Weibes wird auch der *Mensch* sich nicht erheben; er wird nur aus dem Leben herausfallen.

Und er rief den Menschen zu, die er erziehen wollte: ›Was, Vaterland – *Kinderland!*‹ aber er vergaß, daß, damit Kinderland werde, Vaterland sein oder gewesen sein muß. So fiel er aus seinem Volke heraus, dessen Kraft und Größentrieb er verkannte. Und er, der durch Schopenhauer gegangen war und das principium individuationis, das Gewebe der Vielspältelung der Dinge, durchschaut haben mußte, *vereinzelte* sich und übersah, daß – gleich wie die Biene kein lebendiges Wesen ist, sondern der ganze Bien, ohne den sie in wenigen Tagen verloren wäre – daß so auch der einzelne Mensch nur ein ephemere Scheinexistenz hat, und sie, selbst in seiner höchsten Vereinzelung (wie er sie als Erbe einer unendlichen Generation erworben hätte), nur durch die tatsächliche, ob auch geleugnete Zusammengehörigkeit, durch die *unlösbare* Verknüpfung mit der Gesamtheit behauptet; er kann höchstens sie wegwerfen, freiwillig ihr entsterben, aber nicht leben ohne sie.

Freilich, über dem Volke steht die Menschheit, aber man setzt das höhere Stockwerk nicht vor dem niederen. Das Volk, und gar erst das, was wir Menschheit nennen, bildet eine Pyramide von notwendig ungeheurer Basis. Von der Spitze, die nur ein Punkt sein kann, bis zum letzten Quader der Basis bildet sie ein ununterbrochenes, von Leben durchflutetes Ganzes, in dem das Untere das Obere trägt; und wenn es still in sich hineinfühlt, so wird auch das Oberste, so leicht es sich macht, spüren, daß es von dem Ganzen getragen wird. Dafür kann aber das Ganze bis tief hinunter in die untersten Schichten beanspruchen, daß es etwas von dem Glück des Obersten zu sich herabströmen fühle. Es will des Hochgefühls teilhaftig werden, zu dem es mit breitem, geduldigem Rücken das Eine emporhebt.

*

(Aus einem Reisebericht)

1.

Ich will dem Österreicher die öffentliche Liebeserklärung machen, daß er für mich der liebenswürdigste deutsche Stamm ist. Von keinem andern habe ich so vielseitige und fast ungeteilt gute Eindrücke genossen, wie von ihm; ich kenne ihn freilich nur aus den Alpenländern und in den produktiven Schichten. Ich habe zugleich so gute Begriffe von ihm, daß ich immer ungläubig den Kopf schüttle, wenn ich Ungünstiges von ihm höre, z. B. Prügeleien und andere Mandeln im Reichsrate, oder wenn ich an seine elenden und ungeschickten Regierungen denke und seine tiefe Verpfaffung. Und es kommt mir immer vor, als ob hier etwas zu Herrlichem Berufenes mit häßlichen, unglücklichen Schorfen bedeckt sei, die aber eines Tages, in einem gesunden Bade und unter der neu springenden Fülle des eignen Blutes, sich losschälen und den schönsten Typ des Deutschen in weißer und rosiger Haut zeigen werden. Daher geht mir der Atem ein wenig aufgeregt und es knistert mir etwas gegen die Augen, wenn ich diesen Strand betrete – ›das Land der Deutschen mit der Seele suchend‹.

2.

Uns hob ein kräftiges, freudiges Gefühl die Brust, daß wir Deutsche seien, einem Staate angehörten, der ungeschützt, noch ungeliebt, viel gehaßt und noch mehr gefürchtet, mitten im Kampfe der Zeit und in deren Vorkampf stehe, von allen Seiten bedroht und gefährdet, und wo die freie Lust nicht zur Triebkraft reicht, so gezwungen, sich zu recken und zu strecken. Einen Gruß seiner Not, seiner heiligen Not! Bei Gott: würde der Himmel, oder überhaupt das Glück einer Existenz verzapft wie Freibier, er steckte schon lange so voll von Gesindel, daß kein anständiger Mensch mehr hineinginge.

Also wohlauf, junges Deutschland! und wenn das Christentum von dir verlangt, deine Feinde zu lieben, so unterstreiche ich dies und sage: Und einen Gruß der Not überhaupt, der heiligen, dunkeln, schrecklichen Freundin des Menschen.

Ja! Jede deiner Nöte, hab sie lieb – zum Fressen! Die Not, jede Not ist etwas Seltsames: sie nährt sich von uns, und je mehr wir ihr zu fressen geben von uns, desto verheerender weidet sie, die gemästete, ewig hohl bleibende. Packt man sie aber weidlich an, brechen wir sie und kraspeln sie zusammen wie eine Brezel, so *blühen* wir von ihr. Und Frucht steckt in diesem Bluste.

Alles Steigen besteht in diesem Niederzwingen von Trägheit, im Verlassen der gemächlichen Plattheit, im Untersichschaffen von Tiefe, im Überwinden von Schwere. Im Spiel, wo wir es gewöhnlich tun, ist es eine Lust, die das einfache Bedürfnis nach Erholung vom – Sitzen und Schleichen zu solch ungeheuerlichen Strapazen an Leib und Seele verlockt.

Machen wir nun aber auch aus den höheren Nöten des Lebens eine solche Tugend, die uns vom Sitzen, Liegen, Schleichen auftreibt und hochführt. Denn wenn wir schon leben *müssen*, so müssen wir diesem Leben – wann und wo sie sich nicht von selbst bietet, und das tut sie nie! – eine Form aufzwingen, in der es sich verlohnt, es auch leben zu *wollen*. Das gibt natürlich so lange Krieg, bis wir es zur Versöhnung zwischen dem gebracht haben, was wir beanspruchen, und dem, was das Leben uns gewährt.

In diesem Kriege setzt es Haare und Häute. Aber was kümmert sich die Schlange um den Verlust ihrer alten Haut, wenn eine neue unter deren Fetzen schimmert? So ist jede unserer Enttäuschungen nur eine Aufhellung, jede Bescheidung ein Gewinn. Verloren geht nur das Uneigne, und das Unsrige findet sich zusammen.

Und gib uns unsere (lebens-)tägliche Not! – Wer die deutschen Stämme gewaltsam einigen wollte, kennt das deutsche Volk nicht;

der Fürst aber, der sich dem natürlichen Zusammenzug der Nation, ihrer Stählung und Schmeidigung, durch Setzung eines kraftvollen Überfürsten-Kaisertums widersetzt, ist ein Verbrecher gegen das keimende höhere Leben seines Volkes und gehört vom Throne gerissen.

Es ergibt sich hieraus ein sonderbares Verhältnis zwischen Fürst und Stamm, und ein neues Fürsten*ideal*. Der Stamm – das ist echt und naturdeutsch – darf die Tendenz zur Behauptung seiner Eigenart haben; sein Fürst aber soll der weise Vermittler zwischen diesem Zuge und dem Ganzen sein, und der Führer seiner Herde zur großen Gemeinschaft. So findet er das Recht und das Glück seiner Existenz.

Man kann sagen, daß in diesem Worte die Tätigkeit eines deutschen Fürsten summiert worden ist, der dadurch dem deutschen Volke unvergessen bleiben wird: es ist der erste Paladin des Kaisers, der *Großherzog Friedrich von Baden*. Ist er auch nicht der größte und reichste deutsche Fürst, so ist er doch der erste.

Ein Mensch ist so groß, wie die größte Tat, die ihm gelang. Mag der Berg von seinem Scheitel über Schultern und Flanken noch so jäh abfallen, so hoch jener reicht, so hoch wird er gemessen. Und so bei einem großen Manne: er muß ansteigen aus Tälern, aus Niedrigkeit und Plattheit und sich wieder zu ihr senken; dazwischen aber türmt sich seine Höhe. Auch im größten Leben wird die Gelegenheit, erhaben zu sein, und Erhabenes zu tun, einen verschwindenden Raum einnehmen gegen den breiten Fuß, mit dem er in der Gewöhnlichkeit des Alltags und der Geschäfte steht. Aber die Größe, die er im entscheidenden Momente bewährte, steht ragend da und erscheint erst voll in einiger Entfernung, in Zeit und Raum, wo die Umgebung verschwunden ist.

Bismarck!

Bismarck konnte beten und Champagner trinken, liebte ein Weib und sah seinen Weizen blühn, war ein Preuße und *bekümmerte* sich nicht um die deutschen Dinge; so wuchs er, einen Riesenwillen auf das Nächste und Mögliche beschränkend.

Beten und Champagnertrinken, die Schwarzrotgoldnen als Narren, die vom 18. März als »Verbrecher« ansehen – das gab Standpunkt! von dem er übrigens mit bewunderungswürdiger Klarheit um sich und vor sich sah. Nein, er brauchte nicht einmal zu sehen: *fest stehen genügt; das andre kommt entgegen.*

Ich hörte nie ein falscheres Wort über *Bismarck*, als das irgendeinem ersten Urheber vielfach nachgesprochene: »Wäre er nicht vom Erfolg gekrönt gewesen, so wäre er uns ein Schurke (oder sonst so etwas); er ist nichts als ein vom Glück begünstigter Abenteurer.«

Wer das aufgebracht hat, kennt weder Bismarck noch das deutsche Volk. Ich glaube, er wäre uns nur noch ehrwürdiger; bereitwillig würden wir sein großes Wollen anerkennen, und mit frommer Trauer beugten wir uns unter dem Unheil, das er über uns gebracht.

Oder sind uns Sickingen, Hutten, Wendel Hitzler und Genossen, ja selbst Hecker und Struve, Schurken und Abenteurer? Sie haben vor ihm nach dieser Hinsicht den seltsamen Vorzug, daß ihre Unternehmungen scheiterten, sie also keine Enttäuschungen zu erwarten hatten; während sein Unglück war, in den seinigen Glück zu haben, was die Deutschen bisher an ihren großen Männern nicht gewohnt waren.

Man ist ihnen schon nicht mehr groß, wenn man Glück hat; Pech gehört zur Größe, man nennt es aber dann nicht Pech, sondern Tragik. Noch weniger aber rechnen sie zur Größe, wenn ein Mann nur unternimmt, was ihm glücken muß; denn wieviel Blick und Kraft dazu gehört, zumal für einen Großen und Schweren, dem alle Dinge klein und leicht erscheinen, sich nicht zu vergreifen: das lassen sich diese platten Träumer nicht träumen.

Und das waren sie nicht gewohnt, bis dahin nicht, daß da einmal ein Deutscher kommt, in deutschen Dingen, nicht zu früh, nicht zu spät, zur rechten Zeit, am rechten Ort; wohl mit knapp zulänglichen, doch nicht unzulänglichen Mitteln (was sonst auch erbdeutsch ist), nicht mehr angreift, als er bezwingen, nicht mehr besetzt, als er beherrschen kann; den Mund nicht voller nimmt, als seine Faust zu beweisen vermag, und obendrein nicht einmal besser und größer zu erscheinen sich die Mühe gibt, als er wirklich ist – das ist dem Deutschen so neu, so ungewohnt, so undeutsch, so ungroßmenschlich, so infam vorgekommen, daß alle, in welche dieser neudeutschpreußische Geist nicht mit einfuhr, ihn und sein Werk selbst hassen und verächtlich finden mußten, – wozu noch kommt, daß er dieses Werk nicht weiter gebracht hat, als er nach seinen Mitteln imstande war.

Ich aber finde ihn ehrwürdig in der gesunden Robustheit seines Wesens und setze ihm eine Säule unter den kühnsten und größten Revolutionären, Emporwirkern der Menschheit, die irgendwo zu verehren sind. Er hatte den Mut und die Kraft, in einem Volke voll falscher und fauler Ideale eine Realität aufzurichten, und angesichts einer feindlichen Welt durchzusetzen. Und wenn ihm die Weihe des Pechs – Verzeihung: der Tragik – fehlte, so umblühte doch seine Stirne, und wird seinen Namen immer reicherumblühen: *die staunende Bewunderung und Ehrfurcht aller Völker der Erde, und – der Haß alles Kleinen und Schlechten und Ohnmächtigen in seinem Volke und darüber hinaus!*

*

Was ich in diesen Tagen als Randglossen in den Nietzsche schrieb, was ist es anders als ein Notbehelf der Mitteilungslust? Der Einsame hat schließlich noch sich – und die Stimmen verwandter Geister. Ach der Stunden, in denen er *sich* auch noch verläßt!

Der Vorgang hat ferner große Verwandtschaft mit dem Stehenlassen von ein paar Saug-Ästen über den Veredlungsstellen, bis die Augen und Reiser angewachsen und in eignem Trieb sind; der Saftfluß muß unterhalten und geleitet werden.

(Tagebuch)

Der Fall Wagner

Nietzsche: »Hat man bemerkt, daß die Musik den Geist frei macht? dem Gedanken Flügel gibt? daß man um so mehr Philosoph wird, je mehr man Musiker wird? – Der graue Himmel der Abstraktion wie von Blitzen durchzuckt; das Licht stark genug für alles Filigran der Dinge; die großen Probleme nahe zum Greifen; die Welt wie von einem Berge aus überblickt.«

Gött: Dieser Strahl quillt tief herauf und unter mächtigem Druck. Denn wer es nicht erlebt hat, kann nicht davon sagen. – Bizets Musik und schließlich alle, auch die beste Musik, ist unschuldig an solchen Ausbrüchen. Sie löst nur die vorhandenen Spannkräfte oder kann sie lösen. Die Augen müssen da sein, für das Licht gebaute, um die Dinge überhaupt als Filigran zu sehen; Hände, sanfte Hände, Kinderhände, die nach den großen Problemen greifen; ein schwindelfreier Kopf und ein mutiges Herz, um die Welt von einem Berg aus zu überblicken.

»Das Problem der Erlösung ist selbst ein ehrwürdiges Problem. Wagner hat über nichts so tief wie über die Erlösung nachgedacht: seine Oper ist die Oper der Erlösung.«

Ehrwürdige Probleme verspottet man aber nicht. Tut man's doch, so ist's im Grunde ein Spott über sich und die Art, wie einem das Problem selber mitgespielt hat. Dies ist hier der Fall.

»Der Mann ist feige vor allem Ewig-Weiblichen: das wissen die Weiblein.«

Betonen wir das Wort Mann und Ewig-Weiblich und setzen wir die Urbedeutung von feig = sterblich, so hebt sich vielleicht der Sinn noch schärfer in seiner schrecklichen Bedeutsamkeit hervor.

»*Heiligkeit* – das letzte vielleicht, was Volk und Weib von höheren Werten noch zu Gesicht bekommt, der Horizont des Ideals für alles, was von Natur myops ist. Unter Philosophen aber, wie jeder Horizont, ein bloßes Nichtverständnis, eine Art Torschluß vor dem, wo ihre Welt erst beginnt, – ihre Gefahr, ihr Ideal, ihre Wünschbarkeit ... Höflicher gesagt: la philosophie ne suffit pas au grand nombre. Il lui faut la sainteté.«

Nicht mit Unrecht, wenn man sainteté nicht ganz landläufig auffaßt, sondern darunter ein wirkliches Leben der vorgetragenen Ideen versteht. Aus dem Nebel des Aberglaubens und dem schwülen Dunst der Schwärmerei, wozu als drittes die Unsauberkeit der Hysterie zu rechnen ist, in die lichte, kühle, planvolle, reinliche Welt des gehobenen Denkens versetzt, wird sainteté etwas wie sanité, etwas, was wirklich ›lui faut‹.

»Der Christ will von sich loskommen. Le moi est roujours *haïssable*«

Es ist etwas Wahres in diesem schrecklichen Satze, das nicht hinwegzudefinieren, hinwegzuspotten, hinwegzudonnern ist. Mit Sengen und Brennen muß man daran. Dafür sind auch die Stunden, wo man sich liebenswürdig fühlt, Stunden der Seligkeit. Ich finde es auch gar nicht sonderbar, daß der Weg zur Seligkeit durch Höllen führt.

Götzen-Dämmerung

»Kritik der Décadence-Moral. – Eine ›altruistische‹ Moral, eine Moral, bei der die Selbstsucht verkümmert . . . Instinktiv das *Sich-schädliche* wählen, *Gelockt*-werden durch ›uninteressierte‹ Motive gibt beinahe die Formel ab für décadence.«

Eine Sache von sehr labilem Gleichgewicht! Es ist der Fehler dieses Mannes, häufig seine Themen gewaltsam in ›Attitüden‹ zu zwingen, die ihnen nicht ganz natürlich sind.

»Die Kluft zwischen Mensch und Mensch, Stand und Stand . . . Das, was ich *Pathos der Distanz* nenne, ist jeder *starken* Zeit eigen . . . Alle unsere politischen Theorien und Staatsverfassungen, das ›Deutsche Reich‹ durchaus nicht ausgenommen, sind Folgerungen, Folgenotwendigkeiten des Niedergangs . . .«

Es ist merkwürdig, wie sehr Nietzsche, wenn man uneingeschränkt diesen Sätzen hier trauen müßte, auf die äußere Erscheinung des Aristokratischen hält. Er *scheint* kein Pathos innerer Distanz anzuerkennen. – Das Deutsche Reich ist durchaus keine Folge des Niedergangs, sondern nur ein elend gelungener Versuch des Aufgangs, wert, noch einmal oder auch einigemal zerschlagen zu werden. (Einigemal? – Vielleicht hundertmal – vielleicht für immer – nur das heilige Feuer für die schön und groß gedachte Sache möge es wahren! ›Laß ihm den Durst, o Gott, und still ihn nicht zu sehr!‹)

»*Die Arbeiter-Frage.* – Will man einen Zweck, muß man auch die Mittel wollen: will man Sklaven, so ist man ein Narr, wenn man sie zu Herrn erzieht.«

Was man will, ist Nebensache! was man aber tut? – man erzieht sich seine höheren Widersacher, also die Stufen zum Höhertreten.

»Hier ist die Aussicht frei. – . . . vor dem Unwürdigsten sich nicht zu fürchten [kann] Größe der Seele sein. Ein Weib, das liebt, opfert seine Ehre« usw.

Es ist eben manchmal nicht möglich, *nicht* lieblos zu sein, wenn die Seele sich zu ihrer vollen Größe aufrichtet; manchmal muß sie manches überragen, an die Wand drücken, schmerzen – am schwersten das Nahe.

»Die Schönheit kein Zufall. – Die Griechen bleiben deshalb das erste Kulturereignis der Geschichte – sie wußten, sie *taten*, was not tat; das Christentum, das den Leib verachtete, war bisher das größte Unglück der Menschheit.«

Wenn sie aber von diesem großen Unglück genest, war es dann umsonst? Achtung, wenn auch feindselige, vor den großen Tatsachen! Duldete sie Gott, dulde sie du! Nur bekämpfe sie! Das ist *dein* Recht, dein heiliges, ihnen gegenüber.

»Ich habe der Menschheit das tiefste Buch gegeben, das sie besitzt, meinen Zarathustra.«

Ich werde ihr etwas anderes Tiefes geben, aber kein Buch – ein Leben.

Der Antichrist

»Man muß der Menschheit überlegen sein durch Kraft, durch *Höhe* der Seele, – durch Verachtung . . .«

und durch ein Jenseits von Verachtung, wo der Regenbogen der Versöhnung seinen leichten Fuß auf den festen Boden setzt.

»Wir sind Hyperboräer . . . Diese Toleranz und largeur des Herzens, die alles ›verzeiht‹, weil sie alles ›begreift‹, ist Scirocco für uns. Lieber im Eise leben, als unter modernen Tugenden und andren Südwinden! . . .«

Man begreift, man verzeiht auch am besten, wenn man selbst – weit davon ist. Von woher kommen dem Hyperboräer diese Südwinde? Oder ist er auch über diese hinaus, in völliger Windstille, Stille böser Winde?

». . . der Mensch ist ein *Ende* . . .«

Das ist sein *Glaube*, aber wer *weiß* es?

»Fortentwicklung ist schlechterdings *nicht* mit irgend welcher Notwendigkeit Erhöhung, Steigerung, Verstärkung.«

Aber die *Möglichkeit* ist doch gegeben.

Gedichte

Nietzsche: So sprach ein Weib voll Schüchternheit
Zu mir im Morgenschein:
»Bist schon du selig vor Nüchternheit,
Wie selig wirst du – trunken sein?«

Gött: Da sprach ich in Versunkenheit
Zu ihr im Morgenschein:
Weib! dies ist meine Trunkenheit!
Noch trunkner, seliger? – Nein!

Nietzsche: So sterben,
Wie ich ihn einst sterben sah –,
Den Freund, der Blitze und Blicke
Göttlich in meine dunkle Jugend warf:
— — — — — — — — —

Erzitternd darob, *daß* er siegte,
Jauchzend darüber, daß er *sterbend* siegte –:

Befehlend, indem er starb,
– Und er befahl, daß man *vernichte* . . .

So sterben,
Wie ich ihn einst sterben sah:
Siegend, *vernichtend* . . .

Gött: Und warum so,
Mein Freund, der Blitze und Blicke
Göttlich in meine dunkle Jugend wirft,
Warum so sterben, vernichtend?
Warum sei dieser Hauch der letzte seines Mundes?
Ist er nicht trunken vom eignen Tod,
Dem Tod des Siegers?
Wenn ich ihn sterben darf, diesen Tod,
Jauchzend darüber, daß ich sterbend siege,

So will ich befehlen, daß man – *errichte!*
So will ich – *vernichten!*

*

Die Philosophie Friedrich Nietzsches
von Henri Lichtenberger

Eingeleitet und übersetzt von Elisabeth Förster-Nietzsche, 1899

»Was ich Wagnern nie vergeben habe? Daß er zu den Deutschen kondeszendierte, – daß er reichsdeutsch wurde ...«*Nietzsche über Wagner, 1888 (S. XLVII)*

Muß das durchaus Kondeszendenz sein, wenn ein Mann zu seinem Stamme hält, bei allem Schmachvollen an dessen Zukunft glaubt, und seine eigne Kraft in zorniger Liebe einsetzt, um ihn auf die Höhe heraufzuarbeiten, aus der er ihn vermißt? Und, frage ich Nietzsche von jenem Standpunkte, stünde es mit Deutschland und den Deutschen besser, wenn sie nicht reichsdeutsch – das Gott erbarm genug! – geworden wären? Hätten sie sich hauen lassen, oder wieder heimzotteln sollen, ohne einen Meißelsatz und Hammerschlag an sich versucht zu haben? War der Versuch einer Reichsgründung nicht eine Aufwallung nach oben, nach der Zukunft, nach dem Anstande hin? Wozu also dieser Hohn ohne Bitterkeit enttäuschten Stolzes, und der Überlauf zu unsern Verächtern? Ich finde Kondeszendenz zu den Franzosen darin, echte deutsche Kondeszendenz, Schönfärberei der Fremde und – Selbstentwertung. Ich aber sage: man kann sehr deutsch sein, und sehr – Mensch! großer Mensch, wahrer Mensch. An der geistigen und menschlichen Größe und *Gesundheit* Nietzsches bildet für mich sein Verhältnis zum Vaterlande seines wahren Kinderlandes einen Flecken der Schwäche; der dadurch nicht gut wird, Frau Elisabeth, daß er an Nietzsche sitzt!

Noch eins: warum hat Nietzsche für den ›Willen zur Macht‹, wenn er in seinem Volke aufzuckt, diese Verachtung? – Übrigens möge es die tiefe Kluft zwischen ihm und mir – *Ihm* und mir! – charakterisieren, daß *er* über den Brand des Louvre weinen konnte, ich aber über die stümperhafte Reichsgründung.

»Was dient dir zur Erholung? – O du Neugieriger, was sprichst du da! Aber gib mir, ich bitte – – Was? Was? sprich es aus. – Eine Maske mehr. Eine zweite Maske.«*Werke VII, 262 (S. 16)*

Den Verkleinerern des Mannes: es gibt Dinge, Bilder, Gefühle, Gesichte, die *unerfindlich* sind; d. h. wenn sie nicht autochthon aus einer großen Natur quellen, der Witz allein, auch nicht der der Trauer, erfindet sie nicht. Für mein Gefühl öffnet sich hier die ungeheure Tiefe und die hohe Kunst dieses Geistes, dieser Natur.

»Nietzsche ward buchstäblich Atheist aus Religion und darum ward er es auch ohne Verzweiflung und moralische Beklemmung.«*(S. 23)*

Ich vermisse hier etwas: eine Unterscheidung zwischen dem Tode des alten, überlieferten Gottes und dem des eignen, den *wir* auf den Thron gehoben. Wenn Nietzsche schon beim ersten Thronwechsel Gott auf Nimmerwiedererwachen begrub, und zwar ohne Beklemmungen, so fehlt in seinem Leben ein Schmerz, ohne den ich ihn mir nicht denken kann, und die eben vorgetragene Rede des Tollen *[W. V, 163]* zeugt dafür, daß sein Leben von dem Sturze Gottes nicht unerschüttert blieb. Wie wollte ihm sonst die Größe dieser Menschentat so ungeheuer vorkommen! So ungeheuer, daß er ihr keine andere Kompensation weiß, als die *Gott*werdung des Menschen, die in seinem Munde keine zweideutige und leichtfertige Phrase bildet.

»Mag Nietzsche denken oder handeln – denn Handeln und Denken sind für ihn eins –, so denkt und handelt sein ganzes Wesen.«*(S. 32)*

Wenn er so ganz und harmonisch war, wie man hier will, wo war dann die Quelle seiner viel und stark betonten Leiden! Glaubt man, der Erkennende litte nur etwa an den Schranken seiner Erkenntnis? Nein, ist er ein lebendiger Mensch, so leidet er an sich, und leiden heißt: sich zwiespältig und unharmonisch, gequält und im Kriege, und in nicht allzuimmer siegreichem, fühlen. – Dies soll nur eine

Kritik der Darstellung sein, nicht etwa ein Einwand gegen den Wert der Persönlichkeit.

»Nietzsche kommt zu dem Schlusse, daß es für den Menschen notwendig ist, ›die Illusion zu wollen‹.«*Werke X, 161 ff. (S. 78)*

Ich stelle, gereizt durch diese Forderung, noch den Satz auf: daß es wie ein Jenseits von Gut und Böse auch eines von Wahrheit und Illusion gibt. Der Weg dahin führt – über beide; man muß beide ausgemessen haben.

»Für Nietzsche ein Problem bis zum Ende seines bewußten Lebens: Worin besteht die moderne Decadence . . .«*(S. 82)*

Es ist sonderbar, wie wenig ich diese vielbesprochene und belästerte Decadence spüre! Überall wittre ich Morgenluft, freilich über genug Moder und Unrat. Eine Phase der Menschheit liegt in der Agonie, und eine junge Zeit steht schon auf der Schwelle – es wird wieder eine Lust zu leben.

»Durfte Nietzsche seinen ›Richard Wagner in Bayreuth‹ in jenem dithyrambischen Stile schreiben, den er gewählt hat? Schon hier ist die Frage erlaubt, ob dies nicht – ich sage nicht Verstellung – sondern eine *Unklugheit* gewesen ist.«*(S. 86)*

Ich verstehe diese Handlung als eine Tat der *Unmündigkeit großen Stils*, als eine Inkongruenz von Trieb und Zug, von Gefühl und Einsicht, wie sie leicht bei geistig-moralischen Riesenkindern zur Zeit ihrer *Mutation* – hier hab ich den rechten Ausdruck! – vorkommen mögen. Die ebenmäßigen Zwerge haben da wohl gute Gelegenheit, aber kein Recht zur Kritik.

»Diese Tatsachen scheinen keinen Zweifel zuzulassen, daß Nietzsches Schriften zu einer Zeit verfaßt worden sind, wo der Autor noch aller seiner Fähigkeiten Herr war.«*(S. 94)*

Er goß seinen ganzen Geist hinein – der Rest war Wahnsinn. – Nicht die *Zurechnungsfähigkeit* dieses Geistes dürfen wir anzweifeln – dies tun nur die Zwerge, die den Riesen weder widerlegen, noch in sich auflösen können – wohl aber steht uns das Recht der Kritik frei, ob dieser sein gesunder Geist (d. h. sein Geist in seiner Gesundheit) oder besser: *wie weit* er *zureichend* war, also wie weit seine Lehre Gültigkeit hat.

»Nietzsche erklärt, daß die Menschheit, im ganzen gerechnet, keine Art von Ziel verfolgt.«*(S. 103)*

Sie verfolgt freilich kein ›Ziel‹, aber sie nimmt einen ›Weg‹! den Weg ihrer organischen Entwicklung.

»Ich bin überzeugt, daß Nietzsche tatsächlich ein wohl gefügtes und gegliedertes System im Kopfe hatte und es lediglich deshalb nicht in systematischer Form entwickelt hat, weil sein Gesundheitszustand ihn zwang, seine Gedanken in aphoristischer Form niederzulegen.«*(S. 110)*

Eine ganz falsche Anschauung. Nietzsches ›große Vernunft‹, die war wohl ein Ganzes, das heißt die prästabilierte Summe von Welterkenntnis, welche sie ihrer Anlage nach enthielt, und bei ungebrochener Entwicklung am Ende auch gezeitigt hätte, aber vielleicht auch da nur in diesen chaotisch hervorgewirbelten Bruchstücken, zu deren Ordner und Füger – Homeros! – er nicht geboren war. Dies die *Art seiner Natur* zu produzieren, die einen eigentümlichen Vergleich mit der des Buddha, Sokrates, Mohammed, und genug andrer kleinerer Feuergeister zuläßt. Es ist hier weder zu tadeln noch zu jammern, einfach seines Geistes Fülle zu genießen. Freilich ist nicht jedes Meer heiß genug, das Getriebe dieser Eisblöcke zu zerschmelzen und, sich selber kühlend, zu sich zu verwandeln.

»Nietzsche fürchtet sich nicht, die kühne Frage aufzuwerfen: Warum Wahrheit? Warum nicht lieber Irrtum? Warum Gut und nicht lieber Böse?«*(S. 113)*

Weil die Menschheit wie alles Leben nach dem positiven Wertzeichen hin schafft! Wahr, recht gut, stark, weise, schön, sind lebenerhaltende, fördernde, erhebende Eigenschaften. Sollen wir wirklich nach dem Irrtum, der Häßlichkeit, der Schlechtigkeit, der Dummheit hin*streben?* Denn im Willen zu diesen Dingen liegt unsere Moral. Die christlich-pessimistisch-plebejischen Krankheiten dieser Moral zu *heilen,* das ist unsere Aufgabe, die eine ewige sein wird. – ›Nichts ist wahr, alles ist erlaubt‹ – auch etwa ein Zweifel an diesem Satze? Nun, ich bezweifle sein Recht nicht, aber wenn alles erlaubt ist, so wird – *das Starke recht haben!*

»Aber der Mensch, der so [gemäß dem christlichen Ideal] denkt und danach handelt, wird ebenfalls nur durch einen Instinkt getrieben, denn der Instinkt ist der letzte Beweggrund aller unserer Handlungen; nur daß hier der Instinkt verdorben ist.«*(S. 115)*

Verdorben! vielleicht nur nicht so erkenntnisreich wie dieser *greise* Denker. Der Trieb nach Wahrheit ist nichts andres als der Entwicklungsdrang unseres Erkenntnisvermögens; ihm wissentlich und willentlich zuwiderhandeln, das könnte nur ein erkrankter Geist, der an seinen natürlichen Wachstumsgrenzen angelangt ist. Der Trieb nach dem Guten aber, wenn er auf einer höheren Stufe der Reife von der abergläubischen, kindermäßigen Hoffnung auf eine Belohnung durch den Himmelspapa befreit ist, ist kein anderer als der nach Erhöhung und Verschönung des Lebens, oft nicht anders zu erfüllen als durch Preisgabe des eignen. Die Feigheit ist das gemeinste Mittel zur Auslöschung des Triebes zur Macht.

(Nietzsche:) »Ich sage Ja zu allem, was das Leben schöner, intensiver und liebenswürdiger macht. Wenn es mir erwiesen scheint, daß *die* Instinkte, welche die gegenwärtige Moral als schlecht bezeichnet – zum Beispiel Härte, Grausamkeit, List – imstande sind, die Vitalität des Menschen zu vermehren, so werde ich zum Bösen und zur Sünde Ja sagen.«*(S. 116)*

Dies – unterstreiche ich, das *alles* sogar doppelt. Nun aber: *Was* macht das Leben schöner, intensiver, liebenswürdiger? Dies ist die Frage! Und nun sage er mir des Folgesatzes wegen sofort, ob Grausamkeit und List (Lüge! Treulosigkeit!) es tun, oder ob sie sich nicht vielmehr als dumme Teufel vom Schwanze her abweiden! – Aber freilich, da alle Dinge zum Leben führen, dem Leben dienen, so tun es auch die Dummeteufeleien: indem wir sie energisch verneinen, bejahen wir *unser* Leben; virescit volnere virtus.

(Nietzsche:) »Und wenn ich entdecke, daß die Wahrheit, die Tugend, das Gute, mit einem Worte alle von den Menschen bisher verehrten und geachteten Werte, dem Leben schädlich sind, werde ich zu Wissenschaft und Moral Nein sagen.«*(S. 117)*

So spintisiert er, aus Liebe zum Guten! Und preist am andern Orte die Tugend, die seinen Untergang will! – Vielleicht liegt das Zuviel in dem übertriebenen ›wenn – so‹ für ›wo – da‹.

»Der Staat ist in seinen Anfängen wahrscheinlich eine furchtbare Tyrannei, die eine Horde von mächtigen Raubtieren, die sich zu Raub und Plünderung verbündet haben, einer friedlichen, aber schlecht organisierten Masse aufzwang.«*(S. 128)*

Ich halte diese Anschauung für falsch. Der Menschenstaat, sicher, ging von der *Familie* aus, von der Herde, in der sich dann freilich eine Unterdrückung der Instinkte als Gesetze des Zusammenlebens (vor allem mit größeren Herren!) herausbildete.

»Der Mensch hatte von nun an ein inneres Leben, das ihn zu einem ungleich interessanteren Tiere machte, als die bestia triumphans, – aber auch zu einem kranken . . .«*(S. 129)*

Konnte er, auf dem Weg zum Übertier, ›der Krankheit entraten‹?

»– das aristokratische und klassische Ideal Frankreichs nach zweihundertjähriger Größe in den blutigen Stürmen der Revolution untergegangen –«*(S. 133)*

Eigentlich wo Nietzsche dies Wort *anwendet,* vergißt er immer, daß sein aristokratisches *Ideal,* sein Typus Herr, sich nur in wenig Menschenriesen, nie aber in ganzen Generationen realisiert hat. Es steckte freilich was Großes und Herrenmäßiges in den Grandseigneurs jener Zeit, aber wer mag aristokratische Ideale in dieser elenden Wirtschaft sehen? Napoleon aber ward von der heiligen Allianz besiegt, weil *er* nicht ›heilig‹, groß oder doch gescheit genug war, dem auch von Nietzsche verkannten Großmenschenzug in den aufgewachten und aufwachenden und noch mehr aufzuweckenden ›Völkern‹ zu genügen oder ihn doch zu benutzen. Sein größtes Verdienst war ja, daß an ihm das *Gesindeltum* derer von Gottes Gnaden zutage trat. Daß er dessen Überbleibsel *sich* zuliebe schonte, ist sein Verhängnis geworden – eben die heilige Allianz. Er wußte mit den Sehnsuchten und Idealen der Menschen und der Völker nichts anzufangen, weil er selber davon leer war. Und er hätte über sie herrschen können, wie ein Herr und Halbgott, und das Herrenmäßige im Menschen nähren und mehren. An seiner Dummenteufelei ging er zugrunde.

»Die psychologische Analyse des Mitleidens offenbart uns zunächst, daß dieses Gefühl weder so uninteressiert ist, noch so bewundernswert, wie man von ihm behauptet.«*(S. 134)*

Dies ist alles eine beklagenswerte Entstellung. Nietzsche kehrt sich gegen eine Sorte von Mitleid oder eine seiner Seiten und schmäht nun – unwürdig und ohne Glück dabei – totum pro parte. Das Mitleid oder *das Mitleiden* mag ein Irrtum, eine Torheit oder eine Krankheit sein – wohlan, so belehre und heile man es! – aber es ist kein Unfug. Es ist eigentlich nur eine Tatsache, eine naturnotwendige, schwere Tatsache – mit der freilich der schnödeste Unfug getrieben wird. Werde ich einen Meßkrüppel bemitleiden oder einen Kretin (oder die Pfleger und Pflegerinnen solcher), in einer dieser Greuelanstalten? Nein! Ich werde vielleicht den einen sogar hassen, weil er frech und widerlich ›vom Mitleid‹ lebt; aber ich werde, besonders in manchen Stunden am andern zu leiden haben – fast nur aus Grimm über das jammersälige Mitleid der christlichen Menschheit, über eine Humanität, die solches Unleben auf Kosten des Lebens pflegt und Zeter und Mord schreien würde, wenn ich solchen Greuel ›entfernen‹ wollte. –

Das Mitleid ist vielleicht weniger eine Altersschwäche, als eine Jugendkrankheit des Menschen. Von Jugendkrankheiten aber gibt es – Genesungen. Und mancher ist nicht gesund zu nennen, der sie nicht gehabt hat!

»Die Zucht des Leidens, des großen Leidens – wißt ihr nicht, daß nur diese Zucht alle Erhöhungen des Menschen bisher geschaffen hat?«*W. VII, 180 (S. 138)*

Man könnte hier eine Prinzipienfrage stellen: wie und wodurch und wozu leidet der höhere Mensch, und warum ist sein Leiden lebenerhöhend? Auch er leidet durch Unterdrückung von Instinkten, wie der Herdenmensch und Sklave, einem höheren Willen gehorchend – aber dieser höhere Wille ist sein eigener! Er will dies und jenes am Leben höher und liebenswürdiger haben, er treibt Zuchtwahl unter seinen Instinkten und Begriffen und muß daher grausam in seinen Unterdrückungen sein. Er ist sich Herr und Knecht, und daher der ewige Krieg und Schmerz.

»Der Demokrat macht alle Menschen *vor dem Gesetze* gleich.«*(S. 139)*

Ah! *vor dem Gesetz!* Nicht überhaupt gleich. Was hieran falsch ist, ist nur, daß der ›Adelige‹, der eigentlich ohne Gesetz adelig zu sein hat, wenn er sich gegen die Gesetze verfehlt – die doch alle nur *Anstands*gesetze sind – nicht zehnmal härter behandelt wird als der Plebejer.

»Nietzsche betrachtet die natürliche Ungleichheit der Geschlechter als ein notwendiges Gesetz, da die Liebe für den Mann nicht von *derselben* Bedeutung sei, wie für das Weib.«*(S. 140)*

Wenn die Liebe im Leben des Mannes nur eine Episode ist, so ist sie doch jene Episode, die ihm die Kraft und das Glück für seine Epochen macht. – Das gilt aber nur dem gereiften und fruchtbaren Mann; der wachsende Knabe stählt sich in der Entbehrung. Und der Unfruchtbare?

»Die Neuzeit – wie sie versucht hat, den Sklaven zu verherrlichen, trachtet sie danach, das Weib zu vergöttlichen.«*(S. 142)*

Vergöttlichen wäre natürlich Unsinn. Wie aber ›vermenschlichen‹? Soll das Weib auf dem Weg zum Übertier zurückbleiben, und das Weib des Menschen keine Menschin sein? Dies ist gar keine Frage, und noch weniger das: daß Mann und Weib *aneinander* in die Höhe wachsen, bei vollkommener natürlicher Geschiedenheit ihrer Rollen. Werde nur der Mann größer und stärker und schöner, und das Weib – ebenso, ad maiorem hominis gloriam. Und wenn mich ein Skeptiker auslacht, so sag ich ihm, daß das Weib bei diesem Programm durchaus nicht aus ihrer Rolle zu fallen braucht. Wenn es natürlicher, wilder und heißer wird, so wird es wohl gerade größer, stärker und schöner.

»Und darum bedarf das Weib auch eines starken Herrn, der imstande ist, es zu leiten und seine Mutwilligkeiten im Notfalle zu zügeln.«*(S. 143)*

Wie abgeschmackt! Man sage einfach: ›imstande, ihm zu genügen‹.

»Was Nietzsche vor allem bekämpft und mit seinem wildesten Hohne verfolgt, das ist das emanzipierte Weib, das die Furcht und Achtung vor dem Manne verloren hat.«*(S. 143)*

Ich möchte doch auch mal gern diesen Mann sehen, der Furcht und Achtung einflößt!

»Wir haben das Glück erfunden – sagen die letzten Menschen und blinzeln –«*Werke VI, 19 f. (S. 145)*

Ich spüre etwas in mir von »letztem Menschen«, aber es schmeckt nicht nach erfundenem Glück. Wir haben noch den Willen und den Mut – unsere Feinde sagen auch: den Trotz – zum Leben, aber wir kämpfen schwer. Wir wollen ja nicht schlechtweg leben, leben um jeden Preis, sondern wir wollen nur unter gewissen Bedingungen leben; z. B. es soll schön sein, es soll einen Sinn haben – und die Häßlichkeiten und Sinnlosigkeiten, gegen die wir nichts vermögen, drohen uns zu ersticken. Und doch bahnen wir uns unsern Weg weiter, wie ein Nacktkämpfer durch die Schlacht – und es ist nicht immer schön – –

»Der Philosoph . . . ist in Wirklichkeit nicht ›reiner Geist‹, sondern ein abgefeimter Advokat der Sache seiner Vorurteile – und zwar meistens moralischer Vorurteile.«*(S. 154)*

Diese Hyperbel kommt vom Gewohnheitsschimpfen! Wie mag Nietzsche nur so wenig die heiße und tief menschenehrliche Mühe anerkennen, mit der schon so mancher Denkergeist das Geheimnis der Welten zu durchdringen suchte!

»Für Nietzsche ist die Illusion, die Lüge vielleicht die wesentlichste Lebensbedingung.«*(S. 158)*

Das ist ganz sicher: die Illusion ist die schützende Atmosphäre des Lebens. Ohne Illusion leben bedeutet ein so fürchterliches Dasein, daß es nur der ausgesuchteste Geist durch eine lange Vorschule aller seelischen Martern ertragen lernt, dem Indianer gleich, der sich seine Lehr- und Friedensjahre hindurch im Ertragen von Qualen übt, um einmal am Marterpfahle des Feindes würdig zu bestehen. Wäre es möglich, der Menschheit (oder auch nur einem einzelnen Menschen) plötzlich alle, aber auch alle Illusionen zu nehmen, *wirklich* zu nehmen, sie würde sofort erfrieren und verdorren. Die meisten Selbstmorde sind vielleicht nichts anderes, als plötzliche Anfälle absoluter Desillusion. Selbstverständlich ist die Menschheit gegen diese Gefahr wohl geschützt. Und spaßhaft genug hat selbst der desillusionierte Starkgeist noch seine Illusionen, mindestens die, ›die Wahrheit‹ zu haben! Und in dieses dünne, aber ihm köstlich dünkende Gefühl wickelt er sein fröstelndes Gebein.

»Es ist kein Zweifel, der Wahrhaftige in jenem verwegenen und letzten Sinne, wie ihn der Glaube an die Wissenschaft voraussetzt, *bejaht damit eine andere Welt* als die des Lebens, der Natur und der Geschichte . . .«*W. V, 275 (S. 159)*

In diesem Geständnis findet man sich wieder ganz in seinen Armen! Und es bliebe nun nur übrig, ihm lachend und weinend zugleich zu zeigen, daß – er sich täuscht! Daß es *doch* keine andere Welt ist, die der Wahrhaftige bejaht, und daß er dieser einen und einzigen dennoch unverloren bleibt, selbst wenn ihn ›die Wahrheit‹ um Verstand und Leben bringt. Ich will gleich den Modus davon in einem Gleichnis andeuten: Es ist ein kolossaler Unterschied, ob einem Weltkörper die Atmosphäre weggeblasen wird, oder – ob er sie verschluckt! Im ersteren Falle wird er durch Verdunstungskälte erstarren, im letzteren durch Verdichtung erglühen. Es ist dies nur ein Gleichnis und eine Andeutung. Auf die Eiszeit der Wahrheit, die über verschluckten Illusionen triumphiert, folgt eine neue und erhöhte Lebensformation. Denn auch die Arbeit bleibt unverloren.

»Kant hat sich nicht gefragt: warum soll denn der Mensch diese Natur *um jeden Preis* erkennen wollen, die in prachtvoller Fruchtbarkeit unablässig neue Daseinsformen erschafft, um sie dann wieder unbarmherzig dem sinnlosen Zufall zu opfern ... Nietzsche erscheint die Leidenschaft zur Wahrheit als die moderne Form jener asketischen Grausamkeit, die zu jeder Zeit den Menschen getrieben hat, seinem Gotte das Kostbarste zu opfern.«

Hier ließe sich gleich – vielleicht vorlaut – die letzte Hoffnung oder Glaube oder Gewißheit des ewigen Suchers einwerfen: daß die Daseinsformen ›in Stufen steigen, sich überwindend erhöhen‹, also das Leben jedes Opfers wert ist, wenn es nur dem Leben dient. – Und siehe, hier find ich mich ja wieder mit dem geliebten Lehrer zusammen. Ja, alles haben wir geopfert, selbst jene letzte Hoffnung, jenen letzten Glauben, jene letzte Gewißheit, den letzten Hauch einer Illusion, der uns noch erwärmte, nämlich: daß es unbedingt auch noch von uns, dem Menschen aus, mit Grazie ad infinitum in die Höhe ginge, und gaben uns dem Gedanken preis, – – – nein, wir gaben uns ihm nicht preis! Wir fühlten uns zwar zerschmettert auf der hoffnungslosen Höhe des Lebens angelangt, aber noch atmeten wir und spürten das Blut kreisen, und erhoben uns wieder und fragten kampfbegierig: ›Was nun?‹ – Doch die Antwort braucht einen Frühling!

»Der höhere Mensch ist wie ein Gefäß, in dem sich die Zukunft der Menschheit zusammenbraut; in ihm gären, brodeln und arbeiten dunkel alle Keime, *die eines Tages im Sonnenlichte sich entfalten werden*.«*(S. 164)*

Ich bin weit davon entfernt, dieser schönen Hoffnung, diesem innigen Glauben, dieser seligmachenden Gewißheit (! woher stammt sie denn anders als aus unserer Illusionenfabrik?) die Daseinsberechtigung abzusprechen; aber ich muß doch den großen Gottes-, Priester- und Philosophentöter fragen: Ist denn *das keine Metaphysik?* Wenn ich im tiefsten eigenen moralischen und physischen Elend das Herz an der künftigen, höheren Menschheit hochhalte und der unsichtbaren noch zujauchzen kann: ›Vorwärts! vorwärts! heraus! über mich! über mich!‹ – Ist es, daß das zukünftige Leben schon einen so fühlbaren Keim in unser heutiges Herz, in das Menschenherz von jeher gepflanzt hat, daß wir an ihm in die Höhe leben? Dann reicht es, das Kommende, aber auch zurück ins Tierherz, in die Pflanzenseele, in das erste Zucken des Protoplasmas, und wohin noch? – Wenn aber dies keine Metaphysik ist, so ist es doch mindestens – höhere Biologie!

»Der Übermensch ist der Sinn der Erde. Euer Wille sage: der Übermensch sei der Sinn der Erde.«*W. VI, 13 (S. 164)*

Käme nichts von diesem Geiste auf die Nachwelt, als diese heiligen Worte allein, es genügte, ihn unsterblich und zum Schöpfer eines neuen Lebens zu machen!

». . . Für die Herren – und für sie allein – ist die Moral des Übermenschen geschaffen.«*(S. 168)*

Einen Tropfen Gerechtigkeit, Reinlichkeit, Verstand und Mut in die heute bestehende Ordnung der menschlichen Gesellschaft, und es wird sich etwas bilden, wovon dies unpraktische Gehirn träumte. Warum aber diese Rangordnung so komisch klingt, liegt vermutlich zumeist in dem *Imperativ*, in dem es gegeben wird. Tatsächlich *wird* sich die menschliche Gesellschaft von selbst immer mehr nach diesem Plan kristallisieren. Wer könnte sie auch dazu zwingen, als das natürliche *Gewicht* der Dinge? Wie die Herde schaffen *muß*, um ihr

Leben zu finden, so *muß* auch der Herr seinen Thron *erwiegen* durch die Macht seiner geehrfürchteten Persönlichkeit.

»Das Mitleid ist ihm [Zarathustra] nicht nur keine Tugend, sondern eine höchste Versuchung und die schrecklichste aller Gefahren.«*(S. 170)*

Es gibt noch eine Gefahr, noch eine Versuchung *hinter* dem Mitleid: unter sich, soweit das Leben reicht, nur noch minderes Leben sehen, annehmen müssen, daß es den gleichen Weg nehmen müsse, um über sich hinauszukommen, in die gleiche Höhe, und diese Höhe entweder nicht erreiche, also drunten bleibe, oder sie erreiche und dann einen ebenso trostlosen Blick hinunterwerfe, wie er selbst, der *Melancholiker*, dem die lebendigen Farben der Welt verblaßt sind. Das ist schlimmer denn Mitleid: es fehlt ihm die Güte.

»Der Weise . . . sucht also nicht das Glück, sondern die Aufregung des Spiels; und wenn er einen guten Wurf geworfen hat, fragt er sich mißtrauisch: Sollte ich mit falschen Würfeln gespielt haben?«*(S. 172)*

Die guten Würfe dienen zu höheren Einsätzen.

»So sorgt doch, daß das Leben aufhört, welches nur Leiden ist.«*W. VI, 64 (S. 173)*

>Eh du das lebende Leben beschwerst,
Sorge, daß du von hinnen fährst!<
Den Lehrer aber frag ich, schmerzbeklommen:
Wie fang ich's an, um nicht zu spät zu kommen?

».. . der mächtigste Gedanke, der von der ewigen Wiederkunft aller Dinge . . .«*W. XII, 122 (S. 178)*

Ich ehrfürchte wahrhaftig die Welt auch; aber die Annahme dieser Absurdität, um mir ihre Ungeheuerlichkeit zu beweisen und meinen Mut an ihrer Dochnochbejahung trotz dieser Langweilerei zu erproben, das hab ich nicht nötig. Ich hab an der *einfach* unendlichen Welt, an der ewigen Unerschöpflichkeit ihrer Kombinationen gerade genug. – Übrigens habe ich hier zu wiederholen, was ich in der Fröhlichen Wissenschaft zu Aph. 341 angemerkt: ohne die Rück- (und da es ein Ring ist auch Vor-?) erinnerung der unzähligemal erlebten Fälle wiegen diese alle Male nicht schwerer als das jetzige mir bewußte einmal.

»Wenn das Leben an sich keinen Sinn hat, so weiß ich ihm einen zu geben.«*(S. 182)*

Dies ist die höchste und glanzvollste Rebellenschaft. Um ihretwillen hat das Leben, *wenn* es an sich keinen Sinn hat, dadurch einen Sinn, daß es diesen Sinnträger schuf.

»›*War das* – das Leben?‹ will ich zum Tode sprechen. ›Wohlan. Noch einmal.‹«*W. VI, 461 (S. 184)*

Ja, so, als Gebet oder Kernfluch, als Gesinnung läßt sich der Gedanke mitdenken. Nun, ich sagte ja auch dort schon (F. W. 341): wer das Leben einmal bejaht, bejaht es für immer wieder. Aber meine *Form* braucht deswegen nicht ewig wiederzukehren – *dafür kehre ich, der schmerzhafte und glorreiche Funke Leben, in unendlichen Formen wieder.* Das ist *meine* ewige Wiederkehr des Gleichen!

»Was mehr wert ist als jedes System, das ist die Natur des Philosophen selbst.«*(S. 195)*

Dies ist das Wort! Denn nun kommt erst der Zwiespalt für das praktische Leben: zwischen dem, was einer ist, und dem, was er *tut*, oder fast besser: was ihn das widerstrebende Leben tun läßt. Der ungemessenen Entwicklung nach innen steht nach außen eine niedrige Stalldecke entgegen. Der nach innen nahezu schrankenlos freie Mensch bewegt sich in einem engbegrenzten, geschlossenen Raum, und das Gefängnis seines freien Willens fängt noch innerhalb seiner eigenen Haut an, und eben diese immer und immer wieder zu durchbrechen, erschöpft oft das ganze *Tun* einer *Natur*.

»Alle Menschen sind zwar gleichzeitig Individuen und Herdentiere; aber bei dem einen ist die Sorge um seine eigene Persönlichkeit, bei dem andern die Sorge um die Herde, der er angehört, vorherrschend.«*(S. 198)*

Und wohlbemerkt: die vernünftige Sorge um die Herde schließt die um die eigene Persönlichkeit ein, insofern diese ein Glied jener ist. Und hier ergibt sich ein nicht unwichtiges Unterscheidungsmerkmal: es ist Schafsnatur, blind und taub für sich zu sorgen; aber Sorge um die Herde verrät – Hirtenblut. Dies den Übermenschen!

»Die faktische Übertragung der Lehre vom Übermenschen ins Praktische erfordert eine Tatkraft, wie man sie nur selten antrifft.«*(S. 200)*

Erlaube: die faktische Übertragung der *Lehre* vom Übermenschen ins *Praktische* würde sie und damit ihn – verwandeln! Nietzsche ist ein reiner Denker (also reiner Tor!) er hat nie die staatenbildende, Völker lenkende und schmiedende Hand an einen *Stoff* gelegt. Wenn Gott seine Kraftbücher liest, wird er manchmal lächeln und brummen: Fritzle, du renommierst.

»Nietzsche wird aller Wahrscheinlichkeit nach ein Einsamer, ein ›Einsiedler‹ auch für die Nachwelt bleiben, wie er es für die Mitwelt gewesen ist.«*(S. 201)*

Dies glaub ich nicht! Er wird im Gegenteil die schönste Gemeinde haben, die je ein Lehrer der Menschheit gefunden hat. Das Beste vom Menschen wird ihm zufliegen, und ich hoffe als der Nächste an seiner Brust zu liegen.

Schlußbemerkung Götts zum › Anhang ‹

in dem dargelegt wir, daß eine der anscheinend paradoxesten Hypothesen Nietzsches nicht das rein *individuelle* Ergebnis einer »anormalen« und »krankhaften« Einbildungskraft sei, sondern von 1871 bis 1881 gewissermaßen *in der Luft gelegen*, da *drei* so verschiedene Denker wie Nietzsche, Blanqui und Le Bon sie jeder auf seinem Wege gefunden hat.*(S. 209)*

Ich kenne noch einen vierten, der im Jahre 1891 oder 1892 auf dieselben Sprünge kam, ein oder zwei Jahre bevor er die wirkliche Bekanntschaft Nietzsches machte. Aber ich war doch wohl glücklicher; denn ich kam wieder davon los.

Zur selben Zeit, aber unabhängig von dieser Spekulation, war ich der Schauplatz noch einer andern – zugleich ein Beispiel, wie Ideen selbständig auftreten, sowohl im gleichen Kopf als auch in verschiedenen Gehirnen: ich dachte mir nämlich wie die Bewegung im Raum (und in der Kausalität), auch die in der Zeit kreisläufig, so daß wir nach einer unendlichen Umdrehung, nach einer Ewigkeit wieder zum selben Zeitpunkt zurückkehrten – *was auch eine ewige Wiederkehr des Gleichen* ergäbe, aber nicht mehr das Gleiche noch einmal und ewig noch ewigmal, sondern immer nur *wieder* das eine, das ewig eine Mal, das wir heute leben. Diese ewige Wiederkehr geschähe aber nur auf einem müßigen Spaziergang eines denkenden Gehirns, nicht in der absoluten, leidenden und streitenden Wirklichkeit, und man ist nicht gezwungen, die Ewigkeit spazieren zu denken. Sie spiegelt sich nur in diesem Gedanken.

Über tredition

Eigenes Buch veröffentlichen

tredition wurde 2006 in Hamburg gegründet und hat seither mehrere tausend Buchtitel veröffentlicht. Autoren veröffentlichen in wenigen leichten Schritten gedruckte Bücher, e-Books und audio-Books. tredition hat das Ziel, die beste und fairste Veröffentlichungsmöglichkeit für Autoren zu bieten.

tredition wurde mit der Erkenntnis gegründet, dass nur etwa jedes 200. bei Verlagen eingereichte Manuskript veröffentlicht wird. Dabei hat jedes Buch seinen Markt, also seine Leser. tredition sorgt dafür, dass für jedes Buch die Leserschaft auch erreicht wird.

Im einzigartigen Literatur-Netzwerk von tredition bieten zahlreiche Literatur-Partner (das sind Lektoren, Übersetzer, Hörbuchsprecher und Illustratoren) ihre Dienstleistung an, um Manuskripte zu verbessern oder die Vielfalt zu erhöhen. Autoren vereinbaren direkt mit den Literatur-Partnern die Konditionen ihrer Zusammenarbeit und partizipieren gemeinsam am Erfolg des Buches.

Das gesamte Verlagsprogramm von tredition ist bei allen stationären Buchhandlungen und Online-Buchhändlern wie z. B. Amazon erhältlich. e-Books stehen bei den führenden Online-Portalen (z. B. iBookstore von Apple oder Kindle von Amazon) zum Verkauf.

Einfach leicht ein Buch veröffentlichen: **www.tredition.de**

Eigene Buchreihe oder eigenen Verlag gründen

Seit 2009 bietet tredition sein Verlagskonzept auch als sogenanntes "White-Label" an. Das bedeutet, dass andere Unternehmen, Institutionen und Personen risikofrei und unkompliziert selbst zum Herausgeber von Büchern und Buchreihen unter eigener Marke werden können. tredition übernimmt dabei das komplette Herstellungs- und Distributionsrisiko.

Zahlreiche Zeitschriften-, Zeitungs- und Buchverlage, Universitäten, Forschungseinrichtungen u.v.m. nutzen diese Dienstleistung von tredition, um unter eigener Marke ohne Risiko Bücher zu verlegen.

Alle Informationen im Internet: **www.tredition.de/fuer-verlage**

tredition wurde mit mehreren Innovationspreisen ausgezeichnet, u. a. mit dem Webfuture Award und dem Innovationspreis der Buch Digitale.

tredition ist Mitglied im Börsenverein des Deutschen Buchhandels.

Dieses Werk elektronisch lesen

Dieses Werk ist Teil der Gutenberg-DE Edition DVD. Diese enthält das komplette Archiv des Projekt Gutenberg-DE. Die DVD ist im Internet erhältlich auf **http://gutenbergshop.abc.de**

MIX

Papier | Fördert
gute Waldnutzung

FSC® C083411

Zeitfracht Medien GmbH
Ferdinand-Jühlke-Straße 7
99095 Erfurt, Deutschland
produktsicherheit@kolibri360.de